Humor

Bruño

Directora de la Colección
Trini Marull

Editora
Cristina González

Coordinadora de Producción
Mar Garrido

Diseño gráfico
Tau Diseño, S. A.

Caos en la boda

Elvira Menéndez
y
José María Álvarez

Ilustración

Francesc Rovira

Taller de lectura

Cristina González

ISBN: 84-216-9228-3
D. legal: M-452-2003
Impresión: Villena, A. G.

Printed in Spain

haz tu propio fichero

Elvira Menéndez y José María Álvarez

- Llevamos casi treinta años casados y tenemos dos hijos.
- Hemos hecho juntos televisión, teatro, guiones y libros.
- Elvira ha publicado en esta colección: *Ese no es mi zoo, MNA, Olock-Lolo* y *La máquina maravillosa.*
- José María también es dibujante. Ha escrito veinte libros de plástica y alguno de ficción. En esta colección ha ilustrado *Olock-Lolo.*
- Y los dos juntos hemos publicado otro libro de esta misma serie en Altamar: *Caos en el súper.*

altamar

para ti...

Desde que escribimos Caos en el súper*, quedamos encantados con Sara y Emilio, los protagonistas del follón que allí se armó por culpa de los mayores, claro.*

Hace unos meses fuimos a una boda que resultó muy divertida y, en medio del banquete, nos preguntamos: ¿qué clase de lío organizarían aquí Sara y Emilio?

Esto fue lo que se nos ocurrió. ¡A ver si te gusta!

A nuestra querida
abuela Consuelo
y a Mónica y Fernando.

Caos en la boda

Al oír la música, Sara, vestida de blanco, con una diadema y un ramito de flores, se agarró del brazo de Emilio para salir de la iglesia.

—¡VIVAN LOS NOVIOS! –gritaban los invitados.

—Yo también quiero casarme… –murmuró Sara, emocionada.

Emilio se soltó de su brazo.

Sara era su novia, pero él no tenía intención de casarse; quería seguir viviendo en su casa, con sus papás.

—Pero si solo tienes siete años, Sara. Tus padres no van a dejar que te cases... –replicó Emilio.

—Pues... cuando sea mayor, ¡me casaré todos los días! –decidió Sara.

—Ah, bueno... –se tranquilizó Emilio. Al menos, así Sara tendría que casarse cada día con un novio distinto.

Sara volvió a colgarse del brazo de su amigo y le susurró al oído:

—Estás muy guapo con ese traje
de terciopelo.

Emilio se puso colorado y dijo:

—Pero me pican las puntillas
del cuello.

Varios compañeros de clase
los esperaban en la puerta de la iglesia,
con caras de guasa y los puños llenos
de arroz.

—¡VIVAN LOS NOVIOS!
–gritaron.

—¿Lo decís por nosotros?
–preguntó Sara.

—¡SÍÍÍÍ! –contestaron.

—¡Menos bromitas, ¿eh?! –gritó Emilio, rojo como un tomate.

—Es que vamos más guapos que los novios –dijo Sara, y también se puso colorada–: Emilio... tú pareces un príncipe...

—¡VIVA EL PRÍNCIPE EMILIOOO! –gritó uno de los niños de su clase.

—¡¡¡VIVAAA!!! –corearon los demás.

—¡Estoy harto de este traje! –protestó Emilio–. Cuando me dijeron que iba a llevar el cofre con las arras, pensé que iba a ir vestido de pirata, ¡no de damo de honor!

—¡¡¡VIVA EL DAMO DE HONORRR!!! –gritaron sus compañeros, muertos de la risa.

Enseguida se armó un revuelo de empujones y pataditas.

Hortensia y Alberto, los novios, que se estaban haciendo fotos en las escaleras de la iglesia, recibieron un empujón y acabaron en el suelo, justo encima del fotógrafo.

—¡Me han arrancado el velo! –gritó Hortensia–. ¡Voy a salir fatal en las fotos!

—¡Pero van a ser muy originales! –le dijo el fotógrafo para consolarla.

Alberto la ayudó a levantarse:

—Ya te advertí que no era buena idea que estos críos llevasen las arras, Hortensia. ¡Son unos trastos! ¿Es que no te acuerdas del follón que armaron en el súper?

—Sí..., pero gracias a ellos nos enamoramos, Alberto.

—Tienes razón... ¡Te quiero, gordita mía!

—¡Y yo a ti, mi hombrecito de gris!

Los recién casados se dieron un beso mientras los invitados aplaudían emocionados. Y los niños se libraron de una buena regañina...

Los cientos de invitados a la boda se repartieron en montones de coches y se encaminaron hacia los salones de bodas *SOL Y BAILE,* donde se iba a celebrar el banquete.

Al llegar, aparcaron como pudieron sobre las aceras y los jardines del exterior de los salones.

Nada más entrar al restaurante, Emilio susurró al oído de Sara:

—Ayúdame a quitarme las puntillas del cuello, que me pican.

—Te van a regañar… –dijo Sara.

—¡Me da igual! Buscaremos un sitio donde no nos vean.

Pero en el salón se celebraban dos bodas a la vez, y había gente por todas partes.

Por fin, Sara y Emilio encontraron una salita vacía, con espejos en las paredes y una puerta que daba a la cocina.

En el centro había un carrito recubierto de flores y lazos blancos.

Sara se quitó los zapatos, se subió en él y explicó a Emilio:

—Desde aquí arriba llegaré mejor.

Cuando había arrancado más de la mitad de las puntillas del cuello de Emilio, Sara vio algo en el suelo, junto a las ruedas del carrito.

—¿Qué es eso? –preguntó.

Emilio recogió unos rizos rubios y, al ver que estaban adornados con florecillas blancas, contestó:

—Parece una peluca de novia.

Sara se la probó, y una cascada de tirabuzones rubios le cayó sobre la espalda.

De pronto se abrió la puerta que daba a las cocinas y apareció un hombre muy alto y muy pálido, vestido con un frac negro.

—¡Baja de ese carrito, niña, que es para colocar la tarta nupcial! –gritó enfadadísimo al ver a Sara–.

»¡Con las cosas de comer no se juega! ¿Quién os ha dado permiso para entrar aquí? –y, sin darles tiempo a contestar, el hombre del frac echó a los dos niños a empujones de la salita de los espejos.

Sara y Emilio se acercaron a la mesa de los novios con la peluca en la mano.

—¿Es tuya, Hortensia?
–le preguntaron.

La novia miró con repugnancia aquel montón de pelos:

—Pues no... Yo solo me tiño el pelo.

Una señora sentada junto a la novia le arrebató la peluca de las manos a Sara:

—Déjame ver..., que yo
entiendo mucho de estas cosas
–dijo.

—¿Ah, sí? ¿Es que usted es calva?
–preguntó Sara.

—No, soy peluquera,
¡y esto es un postizo,
no una peluca! –y añadió
en voz baja–:
¡Qué niña más grosera!

Sara y Emilio se apartaron de allí,
por si acaso.

—¿Por qué se habrá enfadado
tanto esa señora,
Emilio?

—A los mayores no les gusta que toques sus postizos –respondió él–. Mi abuelo me regañó un montón cuando su dentadura postiza se me cayó al váter.

—¡Qué asco!

—Es verdad... ¡Me hizo meter la mano para sacarla!

—¡Ahggg!

—¡Fue sin querer, solo quería probármela!

Sara se subió a una mesa y, con el postizo en alto, preguntó:

—¿Quién ha perdido esta peluca? ¿Hay alguna señora calva en esta boda?

Las invitadas se miraron unas a otras, pero nadie contestó.

—Como la dueña no aparece, vamos a dejar el postizo donde lo hemos encontrado –le dijo Sara a Emilio.

Caminaron a cuatro patas por debajo de una mesa, y cuando vieron que no había camareros cerca, salieron.

El hombre del frac seguía en la salita de los espejos, colocando una torre de diez bandejas sobre el carrito.

—Ese carrito es para llevar la tarta, ¿verdad, señor? –preguntó Emilio.

—¡Eh! ¿Qué hacéis aquí otra vez?

—Venimos a devolver esta peluca..., digo... este postizo –contestó Sara.

—¡Fuera de aquí! ¡Volved a vuestro sitio!

—Señor, una novia calva estará buscando este postizo para hacerse las fotos... –replicó Emilio.

—¡Largaos de una vez! –gritó el hombre, cada vez más nervioso.

—Pero... –insistió Sara.

—¡He dicho que os larguéis!

En ese instante, alguien preguntó al hombre desde la cocina:

—¡Pancraciooo!, ¿están puestas las bandejas?

—Falta una... –contestó él.

—¡Pues ven a cogerla, deprisa! ¡Va a empezar el banquete y aún no hemos colocado la tarta!

Pancracio desapareció en la cocina y los niños aprovecharon para dejar la peluca sobre una de las bandejas del carrito.

—Cuando su dueña vuelva a buscarla, la verá nada más entrar –razonó Sara.

Y los dos niños salieron corriendo antes de que volviera el temible Pancracio.

—¡Niños, venid a sentaros de una vez! –les gritaron los papás de Sara.

—¡Sí, y dejad de hacer trastadas!
–les gritaron los papás de Emilio.

El ruidoso banquete transcurrió felizmente hasta la hora del postre.

Pancracio, que resultó ser el jefe de los camareros, cogió el micrófono del salón y dijo:

—Señoras y caballeros, ha llegado el momento más importante... ¡Los recién casados van a cortar la tarta nupcial!

Un foco iluminó la puerta de la salita de los espejos, y por ella salió una tarta de diez pisos, ¡con cien velas encendidas!

Los invitados exclamaron:

—¡¡¡OOOHHH!!!

Y estallaron en aplausos.

Las luces de la sala se apagaron
y Pancracio dijo:

—Enciendan las bengalas que tienen
en sus mesas y muévanlas al son
de la música, por favor.

Tres camareros acercaron el carrito
de la tarta hasta la mesa de los novios.

Otro camarero trajo una espada
colocada sobre un cojín.

Y los novios cogieron la espada
y la hundieron en la tarta.

—¡Vivan los novios! –gritó Pancracio
por el micrófono.

—¡¡¡VIVAAAN!!! –gritaron
los invitados, entre lágrimas
de emoción.

De pronto, una cosa peluda
y pringada de nata voló
desde la punta de la espada
hasta la cabeza de la madrina,
que empezó a saltar
como un canguro.

—¡Una tarta peluda! –exclamó Alberto,
el novio.

—¿Una rata peluda...? –preguntó
la abuela de la novia, que era bastante
sorda.

Sara y Emilio corrieron a aclarar lo sucedido:

—Lo dejamos sobre la bandeja...
–... y se coló dentro de la tarta.

—¡UNA RATA PELUDA SE COLÓ DENTRO DE LA TARTA! –repitió a grito pelado la abuelita sorda.

—¡AAAHG! ¡UNA RATA PELUDA! –chilló Hortensia, la novia, e intentó subirse a la mesa. Pero se le enganchó el traje... ¡Y cayó sobre el carrito de la tarta!

Diez pisos de nata saltaron por los aires y aterrizaron sobre la madrina.

Las cien velas de la tarta volaron también... Y la oscuridad se hizo casi total.

—¡Qué asco! ¿Qué me ha caído encima? –preguntaba la madrina bajo un mar de nata.

—¡Diez pisos de tarta! –le contestó Sara.

—¿Diez? ¡Qué barbaridad! ¡DIEZ! –repitió la abuelita a chillido limpio.

El salón se llenó de voces de gente que iba y venía en la oscuridad sin saber qué estaba ocurriendo.

Un tío del novio informó por el micrófono a toda la sala:

—¡ATENCIÓN, ATENCIÓN!
¡HAN ENCONTRADO DIEZ RATAS PELUDAS EN LA TARTA!

Los invitados comenzaron a dar gritos en la oscuridad mientras buscaban la salida.

—¡Ahhh! ¡He pisado una rata!

—¡Ha sido mi oreja, señora!

Unos se subían a las mesas, otros a las sillas, y otros a lo que encontraban.

Hasta una señora miedosa trepó por la espalda de un camarero...

—¡Uffsss! ¡No son ratas!
¡Son elefantes! –gritó él.

—¡ENCIENDAN LAS LUCES!
¡ENCIENDAN LAS LUCES!
¡ENSEGUIDAAAA!
–chillaba Pancracio
por el micrófono.

A la luz de las velas, que todavía ardían en el suelo, Pancracio vio a la madrina luchando por salir del mar de nata y corrió a ayudarla... ¡Pero resbaló y fue a caer en brazos de la abuelita sorda!

—¡Cochino! –gritó ella al reconocerlo–. ¡Mira que poner ratas en la tarta!

Y empezó a castigarlo con el ramo de flores de la novia.

Por fin, se encendieron
las luces.

En el suelo, junto a la mesa
de los novios ardían unas cuantas
velas.

Pancracio, perseguido
por la abuelita, se acercó
al micrófono y gritó:

—¡ATENCIÓN, ATENCIÓN!
¡ATENCIÓN, ATENCIÓN!
¡QUE TODOS LOS CAMAREROS
VENGAN A APAGAR EL FUEGO!
¡RÁPIDO!

Quince camareros llegaron
con extintores y preguntaron:

—¿Dónde está el fuego?

Pancracio señaló la mesa de los novios, los camareros la cubrieron de espuma... y también a todos los que estaban a su alrededor: padres, padrinos, novios y abuelita sorda.

La madre de la novia, enfurecida, agarró un trozo de tarta y se la arrojó al pobre Pancracio.

La madrina y los demás invitados la imitaron, y cargaron contra los camareros. Los camareros se defendieron lanzando espuma a diestro y siniestro...

Y se armó la mayor batalla campal
de nata, espuma y restos de comida
que jamás había tenido lugar
en una boda.

—¡Yo le he dado a tres camareros!
–gritaba una señora, con una gamba
en el pelo y espuma hasta en los
pendientes.

—¡Nosotros llevamos ventaja! –gritaba
un camarero con una langosta
en la oreja.

La dueña del restaurante se abrió paso
hasta el micrófono:

—¡Señores, cálmense, por favor!
Ha sido un accidente sin importancia...

Una porción de tarta interrumpió su discurso y «¡PLAFFFF!», se estampó contra su cara.

—¡EZ MI RUINA! –gemía la dueña del restaurante con la boca llena de nata–. ¡NADIE FOLFERÁ A FELEFRAR FU FODA EN MI FALÓN!

Sara y Emilio consiguieron llegar hasta el micrófono.

—¡No había ratas en la tarta! –explicó la niña–. ¡Era una peluca!

Invitados y camareros contemplaron en silencio sus caras llenas de nata, espuma, calamares, crema de espárragos y otros restos de comida.

Y estallaron en carcajadas.

—¡JA, JA, JA! ¡JO, JO, JO! ¡JI, JI, JI!

Hortensia, la novia, con la nariz llena de chocolate y un calamar colgando del pelo, comenzó a sollozar:

—¡BUAAA! ¡Llevaba cuarenta años soñando con el día de mi boda… y ha sido un desastre! ¡¡¡BUAAAAA!!!

—A mí me parece que estás preciosa –la consoló Alberto, el novio.

—¿De verdad?

—Sí, aún más guapa que el día en que nos conocimos en el súper.

Se dieron un beso. 

Pancracio, que había ayudado a levantarse a la dueña del salón de bodas, gritó:

—¡VIVAN LOS NOVIOS! –y, a punto de llorar de emoción, abrazó a su jefa y le plantó un beso.

—¡Esta ha sido la mejor boda de mi vida! ¡Y he ido a muchas, ja, ja, ja! –reía la abuelita sorda–. Si me organizaran una boda así, no me importaría volver a casarme. ¿Y a ti? –le preguntó al abuelo del novio.

—¿Quéeeee? –dijo él, con la mano en la oreja.

—¡Vaya, otro sordo!

En ese instante se oyeron unos gritos:

—¡No hay derecho!

Era la novia de la otra boda, que venía seguida de su flamante marido.

—¡Primero me pierden el postizo, y luego nos tratan peor que a estos invitados! –decía muy enfadada–. ¡Menuda juerga tienen aquí montada!

—¡Les habrá costado un riñón! –dijo el marido–. ¡Vaya cachondeo!

Sara y Emilio se metieron debajo de una mesa por lo que pudiera pasar.

—¡En nuestra boda no han hecho una batalla de tartas! ¡Y hemos pagado el menú más caro! –añadió la novia.

La dueña del restaurante se acercó a toda velocidad:

—¡Ha sido un descuido lamentable, pero podemos arreglarlo! Les organizaremos una bonita batalla de nata y espuma –y luego añadió en voz baja–: Si la prefieren de nata y chocolate, saldrá un poco más cara, pero les aseguro que merece la pena. Los invitados quedarán muy satisfechos.

* * *

Varios días después, la dueña del restaurante fue a visitar a Sara y Emilio a casa de Sole y Nume, los abuelos de Sara.

—Vengo a invitar a los niños –dijo.

—¿A una boda? –preguntó la abuela.

—No, ¡a todas! A la mía también.

—Vaya, qué bien... ¿Se casa usted?

—Sí, con Pancracio, el jefe de camareros de mi restaurante. ¡Y quiero que estos dos niños vayan a todas las bodas que se celebren allí! –entonces sacó una tarjeta del bolso y se la enseñó a los abuelos.

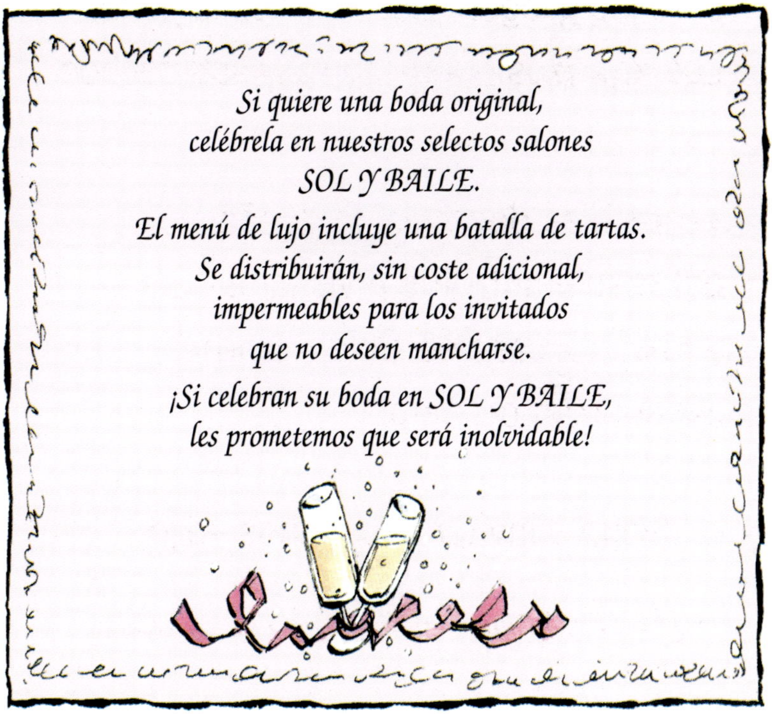

Si quiere una boda original,
celébrela en nuestros selectos salones
SOL Y BAILE.

El menú de lujo incluye una batalla de tartas.
Se distribuirán, sin coste adicional,
impermeables para los invitados
que no deseen mancharse.

¡Si celebran su boda en SOL Y BAILE,
les prometemos que será inolvidable!

—¡Ja, ja, ja! –rieron al verla–.
¡Si ellos van, nosotros también!

—¡Por supuesto, señores!
Su colaboración será inestimable.

—A los mayores no hay quien
los entienda; nos riñen si nos
manchamos... ¡y a ellos les encanta!
–murmuró Emilio.

—Y que lo digas... –suspiró Sara.

Fin

Taller
de lectura

Caos en la boda

1. A lo mejor ya conoces a Sara y a Emilio, los dos niños protagonistas de esta historia. Eran los protagonistas de otro libro de Altamar:

En *Caos en el súper* también aparecían los dos personajes que ahora se casan en *Caos en la boda.* ¿Recuerdas cómo se llaman los novios?

.... y ....

2. ¿Has ido alguna vez a una boda? ¿Y al banquete que suele celebrarse después?

....

Imagina que te invitan a un banquete de bodas y puedes elegir el menú que más te guste. Rodea con un círculo tus platos favoritos. (¡Ojo: no vale elegir solo postres!).

CARNE ASADA

SOPA

TARTA

CALAMARES

CROQUETAS

CHULETITAS DE CORDERO

HELADO

LANGOSTINOS

FLAN

3. ¿Qué personajes dicen estas cosas en el libro? Une con flechas:

• *«¡¡¡VIVA EL DAMO DE HONORRR!!!».*	• Emilio
• *«¡Te quiero, gordita mía!».*	• Los niños de la clase de Sara y Emilio
• *«A los mayores no hay quien los entienda».*	• Alberto, el novio

4. El caos en esta boda ha sido tan grande, que hasta han desaparecido seis palabras del siguiente texto. Están escondidas en la sopa de letras. ¡A ver si las encuentras!

Cuando los .... salieron de la ...., los .... les lanzaron puñados de ...., y todos juntos se fueron al .... de bodas, impacientes por probar la .... nupcial.

I	G	L	E	S	I	A	Ñ	A
K	N	R	N	D	Z	F	B	R
N	S	V	G	O	Q	C	L	R
O	Ñ	M	I	L	X	B	Y	O
V	H	L	A	T	D	C	R	Z
I	Z	Ñ	S	T	A	R	T	A
O	B	P	Y	I	Q	D	X	P
S	C	G	E	R	X	Ñ	O	U
B	A	N	Q	U	E	T	E	S

Índice

Series *de la colección* alta mar

Aventuras

Ciencia Ficción

Cuentos

Humor

Misterio

Novela Histórica

Novela Realista

Poesía

Teatro

Títulos publicados

1. *Carmen CONDE.* **Despertar** (P)
2. *Montserrat del AMO.* **El abrazo del Nilo** (A)
3. *Fernando ALMENA.* **Los pieles rojas no quieren hacer el indio** (T)
4. *Ángela C. IONESCU.* **«Déjame solo, Joe»** (C)
5. *Gianni PADOAN.* **Concierto de libertad** (NH)
6. *Juan FARIAS.* **Los apuros de un dibujante de historietas** (H)
7. *Carlos MURCIANO.* **La rana mundana** (P)
8. *Juan MUÑOZ.* **Las tres piedras y otros cuentos** (C)
9. *Juana Aurora MAYORAL.* **La cueva de la Luna** (CF)
10. *Sauro MARIANELLI.* **Una historia en la Historia** (NH)
11. *Pilar MOLINA LLORENTE.* **Aura gris** (NH)
12. *Jean GUILLORÉ.* **El viaje de Nicolás** (A)
13. *Samuel BOLÍN.* **Los casos del comisario Antonino** (M)
14. *Ronimund H. VON BISSING.* **La Tierra del Oro Ardiente** (A)
15. *Elvira MENÉNDEZ.* **La máquina maravillosa** (CF)
16. *Jules ROMAINS.* **Knock o El triunfo de la medicina** (T)
17. *Fernando ALMENA.* **Marcelo Crecepelos** (H)
18. *Juan MUÑOZ.* **El feo, el bobo y el malo** (C)
19. *Blanca GARCÍA-VALDECASAS.* **Los chicos de La Maraña** (A)
20. *Gloria FUERTES.* **La poesía no es un cuento** (P)
21. *Juana Aurora MAYORAL.* **Enigma en el Curi-Cancha** (NH)
22. *Alan C. McLEAN.* **El fantasma del valle** (A)
23. *Fernando G. TEJADA.* **Noche de luna con gatos** (T)
24. *Emilio SANJUÁN.* **Simón, Simón** (H)
25. *Jacques FUTRELLE.* **La Máquina Pensante** (M)
26. *José Luis VELASCO.* **El Océano Galáctico** (CF)
27. *Gabriel JANER MANILA.* **Cuentos para los que duermen con un ojo abierto** (C)
28. *Manfred LIMMROTH.* **El pequeño Otto ha desaparecido** (H)
29. *Hilda PERERA.* **Mumú** (A)
30. *Alfredo GÓMEZ CERDÁ.* **Luisón** (C)
31. *Christopher KNOCK.* **Edgar Wallace y el caso Software** (M)
32. *Antonio-Manuel FABREGAT.* **Los cuentos de mi escuela** (C)
33. *Fernando LALANA.* **Edelmiro II y el dragón Gutiérrez** (T)
34. *Avelino HERNÁNDEZ.* **1943** (NH)
35. *François GOUDET.* **Marieta y los vikingos** (M)
36. *Braulio LLAMERO.* **El inspector Tigrili** (H)
37. *Miguel Ángel MENDO.* **Vacaciones en la cocina** (C)
38. *Ángela C. IONESCU.* **El país de las cosas perdidas** (C)
39. *Concha LÓPEZ NARVÁEZ.* **El tiempo y la promesa** (NH)
40. *Mathias DUNANT.* **El monstruo de Jarama** (CF)
41. *Fernando LALANA y J. M.ª ALMÁRCEGUI.* **La bomba** (H)
42. *José Francisco VISO.* **Don Caracol Detective** (M)
43. *Fernando ALMENA.* **El cisne negro** (T)
44. *Hazel TOWNSON.* **Los embrollos de Beny** (H)
45. *Alfredo GÓMEZ CERDÁ.* **El laberinto de piedra** (A)
46. *Ángela C. IONESCU.* **Los amigos** (M)
47. *G. BEYERLEIN y H. LORENZ.* **El sol no se detiene** (NH)
48. *Lucila MATAIX.* **El calcetín del revés** (C)

49. *Montserrat del AMO.* **¡Siempre toca!** (T)
50. *F. ALMENA, M. del AMO, J. FARIAS, J. M. GISBERT, A. GÓMEZ CERDÁ, G. JANER MANILA, C. KURTZ, F. LALANA, C. LÓPEZ NARVÁEZ, J. A. MAYORAL, P. MOLINA LLORENTE, J. MUÑOZ, C. MURCIANO, J. L. OLAIZOLA y M. PUNCEL.* **Compañero de sueños** (C)
51. *Enrique PÁEZ.* **Devuélveme el anillo, pelo cepillo** (M)
52. *José GONZÁLEZ TORICES.* **Tengo mucho cuento** (C)
53. *Juana Aurora MAYORAL.* **Lirios de agua para una diosa** (NH)
54. *Esteban BUÑUEL.* **Quiero ser astronauta** (P)
55. *Raúl JIMÉNEZ.* **Aldurabahim** (A)
56. *Carlos MURCIANO.* **Las amapolas se han vuelto blancas de repente** (CF)
57. *Samuel BOLÍN.* **Nuevos casos del comisario Antonino** (M)
58. *Juan MUÑOZ.* **Ciprianus, gladiador romanus** (H)
59. *Achim BRÖGER.* **Mi 24 de diciembre** (H)
60. *Michel VINAVER.* **Las travesuras de Rosalía** (A)
61. *Fernando ALMENA.* **El pavo Facundo** (H)
62. *Concha LÓPEZ NARVÁEZ y Carmelo SALMERÓN.* **El parasubidas** (A)
63. *Francisco DÍAZ GUERRA.* **El alfabeto de las 221 puertas** (A)
64. *Eduardo GALÁN.* **La silla voladora** (T)
65. *Alfredo GÓMEZ CERDÁ.* **La gota de lluvia** (C)
66. *Elvira MENÉNDEZ.* **Ése no es mi zoo** (H)
67. *Manuel L. ALONSO.* **Los aventureros** (A)
68. *Braulio LLAMERO.* **El rey Simplón** (H)
69. *Fernando ALMENA.* **El misterio indescifrable** (CF)
70. *M. Dolors ALIBÉS.* **Superfantasmas en un supermercado** (H)
71. *Ana María ROMERO YEBRA.* **La vaca de Dosinda** (P)
72. *Carmen VÁZQUEZ VIGO.* **¡Cumpleaños feliz!** (C)
73. *Mercè COMPANY.* **Los dientes del león** (A)
74. *Hansjörg MARTIN.* **No hay sitio para Tarzán** (H)
75. *Juana Aurora MAYORAL.* **Tres monedas de un penique** (M)
76. *Juan MUÑOZ.* **El diplodoco Carioco** (H)
77. *Consuelo ARMIJO.* **Guiñapo y Pelaplátanos** (T)
78. *Montserrat del AMO.* **Patio de corredor** (NR)
79. *Enrique PÁEZ.* **El Club del Camaleón** (M)
80. *Joan Manuel GISBERT.* **El enigma de la muchacha dormida** (A)
81. *Juan FARIAS.* **La infancia de Martín Piñeiro** (NR)
82. *Charles VILDRAC.* **Las gafas del león** (C)
83. *Javier REQUERO.* **El Príncipe Negro** (A)
84. *Concha LÓPEZ NARVÁEZ.* **La tejedora de la muerte** (M)
85. *Christine NÖSTLINGER.* **Chachi** (A)
86. *Marta OSORIO.* **El pavo real** (C)
87. *José María MENDIOLA.* **El castillo de Lora** (M)
88. *Juan Ignacio HERRERA.* **En la cumbre de un tepuy** (A)
89. *Ángel ESTEBAN.* **Háblame del sol** (C)
90. *Carles CANO.* **¡Te pillé, Caperucita!** (T)
91. *Rafael ESTRADA.* **El comisario Olegario** (M)
92. *Jean-François NORCY.* **Buldo** (A)
93. *Lucila MATAIX.* **Un gigante en el bolsillo** (C)
94. *Elvira MENÉNDEZ.* **MNA** (A)
95. *Eduardo GALÁN.* **¡SOS, salvad al ratoncito Pérez!** (C)

96. *Nina* WARNER. **La luna en el agua** (A)
97. *Trini* LEÓN. **La estirpe del Cóndor Blanco** (A)
98. *Jacqueline* CERVON. **Selim, el vendedor de alegría** (A)
99. *Seve* CALLEJA. **Dos hámsters en una jaula** (C)
100. *Montserrat del* AMO. **El bambú resiste la riada** (NR)
101. *Juan Alfonso* GIL ALBORS. **Patatín, Patatán, Patatón** (T)
102. *José Luis* VELASCO. **24 horas para un rescate** (M)
103. *José* ZAFRA. **Historias de Sergio** (C)
104. *Concha* LÓPEZ NARVÁEZ. **Nieve de julio** (C)
105. *Paul van* LOON. **Sam, la superdetective** (M)
106. *Emilio* SANJUÁN. **Carlos Baza, «Calabaza»** (H)
107. *Carmen* MORALES. **Bigote blanco-Bigote negro** (C)
108. *Elvira* MENÉNDEZ. **Olock-Lolo** (CF)
109. *José Luis* OLAIZOLA. **El cazador urbano** (NR)
110. *Marina* SEOANE. **¿Dónde están mis dibujos?** (C)
111. *Emilio* SANJUÁN. **Las vacaciones de Simón, Simón** (H)
112. *Montserrat del* AMO. **Mao Tiang *Pelos Tiesos*** (C)
113. *Pablo* ZAPATA *y Juan Luis* URMENETA. **El cocodrilo Juanorro** (A)
114. *Alice* VIEIRA. **Portal 12, 2.° centro** (NR)
115. *Jordi* VIVES. **El coleccionista de estrellas** (A)
116. *Gianni* PADOAN. **La manada del escaramujo** (NR)
117. *José Antonio* PEROZO. **Cuentos mágicos** (C)
118. *Alfredo* GÓMEZ CERDÁ. **Papá y mamá son invisibles** (C)
119. *Enric* LLUCH. **Potosnáguel** (A)
120. *Trini* LEÓN. **Un amigo por un par de tomates** (NR)
121. *Gabriela* KESELMAN. **Papá se casó con una bruja** (C)
122. *Manuel L.* ALONSO. **Arturo ♥ Verónica** (C)
123. *Concha* BLANCO. **¡A mí qué me importa!** (H)
124. *Concha* LÓPEZ NARVÁEZ *y Carmelo* SALMERÓN. **Tomás es distinto a los demás** (C)
125. *Jordi* SIERRA *i* FABRA. **Cabello blanco en cabeza peluda** (H)
126. *Kenneth* IRELAND. **La máscara de hombre-lobo** (M)
127. *Joan de Déu* PRATS. **Un safari en el salón** (H)
128. *Rafael* ESTRADA. **La sonrisa del ogro** (M)
129. *Kara* MAY. **Gato, su bruja y el monstruo** (C)
130. *Rafael* ESTRADA. **El tesoro de Caramujo** (C)
131. *Carlos* ELSEL. **Buscando a Tana la orangutana** (A)
132. *Lucila* MATAIX. **Papá no quiere ser pingüino** (C)
133. *Sheila* OCH. **La verdadera vida** (NR)
134. *Elena* O'CALLAGHAN I DUCH. **Un cumpleaños especial** (C)
135. *Luisa* VILLAR LIÉBANA. **Misi-Mus ha desaparecido** (M)
136. *Miguel Ángel* MENDO. **Mi abuela la bruja** (C)
137. *Pilar* LÓPEZ BERNUÉS. **El secreto del caserón abandonado** (M)
138. *Elvira* MENÉNDEZ *y José María* ÁLVAREZ. **Caos en el súper** (H)
139. *Manuel L.* ALONSO. **Te regalo a mi hermano** (A)
140. KNISTER. **Willy, la mosca** (H)
141. *César* FERNÁNDEZ. **Bárbara y el misterio de Ariadna** (M)
142. *Jill* RUBALCABA. **Un lugar en el sol** (NH)
143. *María Teresa* ARETZAGA. **¡Otra vez a Carabás!** (C)
144. *Elvira* MENÉNDEZ *y José María* ÁLVAREZ. **Caos en la boda** (H)